Extrait du Journal le *Spectateur*.

NOS

PETITES DAMES

PAR

ARGUS

E. FOURAIGNAN	VEUVE J. PECHADE
Éditeur	Imprimeur
3, PLACE DE LA COMÉDIE, 3	RUE DU PARLEMENT-ST-PIERRE, 12

BORDEAUX

NOS

PETITES DAMES

INTRODUCTION

Lecteurs qui brûlez de connaître
Les beautés qu'on aime chez nous,
Instruisez-vous avant de mettre
Vous et vos sacs à leurs genoux

Jeunes gens sans expérience
Qui jugez les choses à l'œil,
Venez faire la différence,
Du Bordeaux avec l'Argenteuil.

Qu'ils contiennent vins ou piquette,
A chacunes de mes leçons
Je veux coller une étiquette
Sur ces jolis petits flacons!

Ne criez pas, censeurs austères
Qu'un mot trop vif fait enrager,
Si je marche au bord des cratères,
C'est pour faire voir le danger.

Et vous, mes belles, sans grimaces,
Lisez mes vers pleins de rigueurs
Ils ne laissent pas plus de trace
Que les papillons sur les fleurs.

De mon nom je ferai mystère,
Car j'aurai crainte d'entraver
Mes amours futurs. Sur la terre
Sait-on ce qui peut arriver?

Donc, venez ; pour la résistance
Vos efforts seraient superflus,
Mesdames, en place, on commence,
Ça va partir ! ne bougeons plus !!

———

Côté des blondes

1

MADAME PLUTUS

Elle est blonde, blanche et rosée
Comme une pêche à... quinze sous,
Le soir, d'un peu loin, reposée,
Elle est jeune à nous tromper tous !

Regardez ces yeux bleus, humides,
Ce nez fin comme un bec d'oiseau,
Ce front si blanc où quelques rides
Tracent hélas ! leur fin réseau.

Chacun le sait, de la trentaine
Elle à passé le Rubicon
Et regrette l'eau souveraine
Dont jadis se servait Ninon.

On dit, — gardez-vous bien d'en rire,
Le fait m'est donné pour certain,
Que la belle avec de la cire
Mastique ses dents le matin.

Nul le mieux qu'elle à la pratique
Ne sert un amour plus vénal,
De faveurs elle tient boutique,
Sa beauté, c'est son capital !

Parfois, quand la vie est trop dure,
Ménageant ses écus chéris,
Elle convertit en nature
Les dons que lui font ses amis.

Elle en a plus d'un, car sa mode
Est de penser au lendemain;
Et vraiment il est bien commode
D'avoir plusieurs sacs sous la main

Et jamais nulle courtisane
Ne sut, d'un esprit plus malin,
A ses caprices de sultane
Plier son harem masculin.

Mais quand la viellesse maudite
Viendra la frapper pour toujours
Et des faveurs qu'elle débite
Par force interrompre le cours,

Elle cèdera, sans murmure,
Et viendra cacher son regret
Dans un cabinet de lecture,
C'est un métier qu'elle connaît?

Si morte on fait son autopsie,
Le docteur, j'en suis convaincu,
Trouvera, — surprise inouïe, —
Dans son cœur un petit écu.

———

Côté des brunes

II

LA PERLE NOIRE

Lecteurs, n'avez-vous pas, le soir,
En l'apercevant au théâtre,
Admiré cette peau d'albâtre
Et l'éclat de ce grand œil noir?

Hélas! certain bruit lui reproche
D'avoir des charmes empruntés
Et l'on dit que de ces beautés
Il ne faut pas trop qu'on s'approche.

On dit, — le monde est si borné :
Rien n'arrête son bavardage, —
Que son teint c'est du maquillage
Et que son œil est charbonné !

On prétend qu'il faut en rabattre
Sur ces charmes qu'on applaudit :
C'est un Rubens comme l'on dit,
Mais c'est un Rubens OLIVATRE,

Ce sont de légers contretemps :
Au demeurant, elle est gentille
Et le meilleur garçon de fille
Que l'on ait vu depuis longtemps.

Elle trônait au Moulin-Rouge,
Elle seule égayait ce lieu ;
Quand elle partit, le bon Dieu
Aussitôt condamna ce bouge.

Elle partit pour quelque mois,
Non pas seule, mais en ménage,
Car on peut la prendre en voyage
Et même en secret quelquefois.

Elle était jadis chapelière
Un beau jour, lâchant l'atelier,
Elle planta là son metier
Mais elle n'enest pas plus fière !

Car dans cet ouvrage charmant
Elle sera toujours habile,
Et l'on prétend qu'à domicile
Elle a COIFFÉ plus d'un amant.

Côté des blondes

III

ΣΟΦΙΑ

Te souviens-tu de ce temps où fillette,
Tu t'en allais, le panier sous le bras,
Quand des rubans fanés ornaient ta tête,
Quand les gamins suivaient partout tes pas?
De ton quartier fuyant le voisinage,
A Monrepos succombait ta vertu;
Hormi ton nom, rien en toi n'était sage :
De ce temps-là, belle, te souviens-tu?

Te souviens-tu quand, plus tard, au théâtre,
Et tour à tour au Gymnase, au Français,
L'on te voyait étaler tout ton plâtre,
Ta robe bleue, et tes appas froissés?
Déjà ton nom, le nom de ton enfance,
A tes haillons n'avait pas survécu;
Tu voulais faire oublier ta naissance :
De ce temps-là, belle, te souviens-tu?

Tu pris le nom d'une fleur, sans malice,
Et cette fleur se trouve justement
La fleur d'amour, celle qu'avec délice,
Soir et matin, effeuille un tendre amant!
Puis à Poitiers tu t'en allas, mignonne,
Quand tu revins de ce pays perdu
Tes blonds cheveux étaient passés au jaune.
Du changement, belle, te souviens-tu?

Puis, tout à coup, miracle sans exemple,
Un beau matin, ton guignon s'en alla,
Et tu devins presque femme de temple;
Mais tes hauts faits ne s'arrêtent pas là :
Au restaurant, on peut dire à l'office,
Un séducteur assiégea ta vertu.
Tu succombas, cœur tendre mais novice,
De ce Vatel, belle, te souviens-tu!

Je ne veux pas te faire de la peine
En racontant tous tes autres exploits,
Mais aujourd'hui, quand tu parais si vaine,
Ne puis-je pas, comme on fait quelquefois
Aux petits chats pour... indélicatesse
Dans ton passé fourrer ton nez pointu
Et te poursuivre en te criant sans cessse :
De tout cela, belle, te souviens-tu ?

Côte des brunes

IV

LA VÉNUS BERGÈRE

C'est une véritable almée
Plantureuse et svelte à la fois,
Son profil est un pur camée
Comme on en faisait autrefois.

A sa démarche de déesse.
A son port de tête orgueilleux,
On croirait voir une princesse
Fière de dix siècles d'aïeux.

Eh ! bien, l'on dit, — c'est incroyable,
Pourtant le fait m'est attesté, —
Que sur le fumier d'une étable
Naquit cette fleur de beauté.

Avant qu'on la vit paraître
Aux yeux des gandins éblouis,
On prétend qu'elle a mené paître
Les vaches dans les prés fleuris.

Pour compléter la calomnie,
Lorsqu'au Cirque on la voit venir,
On dit que de son écurie
Elle cherche le souvenir.

Mais comme mon esprit sceptique
Au fond des choses va toujours,
J'ajoute un bonne foi bien modique
A tous ces envieux discours.

Et je sais, de source certaine,
Que si la brune aux yeux si beaux,
Allait si souvent voir l'arène,
Ça n'était pas pour les chevaux !

On dit encor que notre belle
Fut femme de chambre, et je sens
Qu'on peut employer, parlant d'elle,
Ce mot dans n'importe quel sens.

De sa force on dit qu'elle est fière ;
De fait, son biceps est nerveux :
Pour faire un lit et... le contraire,
On ne pourrait pas trouver mieux

Et si la Vénus, par caprice,
Revient à son ancien état,
Je la prends bien à mon service
Sans vouloir de certificat !

———

Côté des blondes

V

ROSA MYSTICA

Son petit air est si tranquille,
Son regard si plein de douceur,
Qu'elle rend parfois difficile
La gaudriole à maint farceur.

Parmi toute la gent légère
Elle est du nombre bien chétif
Qui conclut avec la grammaire
Un contrat sans coups decanif.

Malheureusement la volage,
Du moins on me la raconté,
Pour son contrat de mariage
A pris bien plus de liberté :

C'est une femme littéraire,
Un bas bleu, mais c'est, entre nous,
Un bas bleu dont la jarretière
Se met au-dessus des genoux.

Son album est plein de maximes
Qui parlent tontes de l'amour,
Et la prose, ainsi que les rimes,
Y couvrent trois pages par jour.

Ne croyez pas que la cruelle
Pour cela refuse un amant :
Elle théorise avec zèle
Et pratique..... énergiquement!

Parfois j'ai vu des gens sourire
Tout bas.— Ces hommes sont bien sots!
Lorsque sa langue, pour lse dire,
Hésite devant certains mots.

Lorsqu'elle vint en notre ville
Au commencement de l'été,
On faisait à son domicile
Un petit, petit écarté.

Plus tard, le gêne est arrivée,
— Les malheurs arrivent toujours! —
Et l'on dit que sans notre armée
Elle aurait vu de mauvais jours!

On la vit errer, âme en peine,
Vers Libourne, sans but réel,
Allant du ca ca capitaine
Au co co co co colonel!

Et si je n'avais pas la crainte
D'ennuyer mes lecteurs surpris,

Je pourrais nommer sans contrainte
Chacun des amants qu'elle a pris.

Mais je m'arrête, trop de zèle
Nuirait à l'effet général,
Et je dois laisser notre belle
Gratter AïE! où ça lui fait mal!

———

Côté des brunes

VI

LA PETITE FLEUR DE LYS

Avant d'entamer ma critique,
De vous avertir il est bon
Que l'allusion politique
N'a rien à voir dans ce surnom

Et sur ce, plein de confiance,
Le sujet étant par trop vif,
Je laisse à votre intelligence
Le soin d'en chercher le motif,

Ecoutez donc cette odyssée
Où maint détail particulier,
Ferait, de pudeur offensée,
Rougir un vieux carabinier.

Elle lance, comme une artiste,
Son bonnet dessus les moulins,
C'est qu'elle fut jadis modiste.
N'entendez pas modeste, au moins!

Car c'est là, si j'en crois l'histoire
Sa plus petite qualité,
Et son défaut le plus notoire
Est une immense vanité.

On la voit vaine de ses jupes
Veine de son esprit... absent,

Vaine du nombre de ses dupes
Qui doit monter à plus d'un cent!

Lorsqu'elle vendait le cigare ;
Sur le cours du jardin public,
Elle y prit une couleur rare
Que dans Pékin serait très-chic.

Comme la juive célébrée
Par un poëte sans pareil,
Il nous semble qu'on l'a dorée
Avec un rayon de soleil!

C'est à Bagnères-de-Bigorre
Qu'elle vit le jour m'a-t-on dit.
Je le crois : il lui reste encore
Un petit accent, tout petit.

Bien qu'elle ait voyagé, la belle,
Par ci, par là, le moins polis
Vous dirait tent que mademoiselle
Roula sa bosse en tous pays!

Mais sa nature un peu sauvage
Paraît toujours sous le harnais
Et souvent, sous son beau langage,
Percent quelques cuirs béarnais.

Dans ces discours parfois se glisse
Un mot du jargon le plus brut,
Non que sa langue soit novice!...
Ou dit au contraire.... Mais chut!!

Côté des blondes

VII

NOTRE-DAME DU TOURNIQUET

Quand au port on est arrivée
Après de nombreux contre-temps,

Quand on est à jamais sauvée
De la fureur des fiers autans.

Quand, pour éviter le naufrage,
On jeta par dessus le bord
Sa pudeur, trop gênant bagage,
Qui pourtant n'était pas bien fort,

Revoit-on, sans être chagrine,
Son foulard simple mais coquet,
Et la broche de sa cuisine,
Et son immense tourniquet?

Non, n'est-ce pas? C'est impossible,
Et pour cette altière beauté
Il n'est spectacle plus horrible
Que celui par moi raconté.

Lorsque du Gers elle est partie
Elle avait, m'a-t-on dit, seize ans,
Mais elle était bien dégourdie
Et ses parents bien complaisants,

Au début sachant la cuisine,
Elle servit chez des bourgeois,
On dit qu'elle était — la mâtine,
Servante et maîtresse à la fois.

Le dimanche, au bois de Boulogne,
Elle dansait, reine du bal, —
Plus d'un monsieur, à rouge trogne,
Lui décochait son madrigal.

Puis la suite de son histoire,
La montre sur des jours nouveaux,
Et nous la voyons à la foire
Trôner au milieu des badauds.

Pour fleurer sa main si blanche,
Pour écouter sa douce voix,
Vingt calicots, chaque dimanche,
Venaient gagner la pièce au choix!

Un jour, circonstance fatale,
Un amateur déterminé,
Ayant décroché la timbale,
Le métier fut abandonné.

Je ne suivrai pas notre amie
Au cours de sa prospérité,
Car le fleuve de toute vie
N'est beau que s'il est agité.

Et maintenant il ne me reste
Plus qu'à vous faire son portrait,
Pour cela mon crayon modeste
Se contentera d'un seul trait.

C'est une belle créature :
Plus beau torse ne se peut voir,
Un peu commune de figure :
Dam ! on ne peut pas tout avoir !

Sa bouche, trop grande, est taillée
Avec le sabre de Roland,
A sa mâchoire entrebaillée
Il ne manque pas une dent.

C'est là sa marque principale ;
Quand la vieillesse arrivera,
A sa bouche phénomènale
Toujours on la reconnaîtra.

Le temps, cruauté maladroite,
Peut briser chaque domino ;
Il restera toujours la boîte,
Et quelle boîte !... Un vrai fourneau !

Côté des brunes

VIII

LE PETIT RAT.

Vous la connaissez je gage,
Et souvent vous avez dû
Trouver sur votre passage
Ce petit museau pointu.

Seul un amant, sans mystère,
Ayant tout vu de ses yeux,
De ce rat pourrait vous faire
Un portrait minutieux.

Mais moi, pour vous faire rire,
Je ne puis tout visiter
Et je juge par ouï dire
Ce que je dois raconter.

De jolis yeux, des dents blanches,
Des allures de souris,
Pour la poitrine et les... hanches
Interrogez ses amis.

On la dit aussi fluette
Tout postiche abandonné
Que la très-petite bête
Dont le nom lui fut donné.

Vers l'an mil huit cent cinquante,
Vous voyez je suis précis,
Dans Toulouse la savante
Vit le jour notre souris.

Dès sa plus tendre jeunesse
A Marseille elle arrivait
Et rongeait la bouillabaisse
Qu'à son goût elle trouvait,

Mais un jour le Ciel se brouille :
Son amant indélicat

S'enfuit avec la grenouille
Vers un plus heureux climat.

Et la souris, fort aigrie
Par ces malheurs tout nouveaux,
Fit un tour en Italie
Et vint enfin à Bordeaux.

Elle n'est pas inhumaine
Et plus d'un s'est aperçu
Que lorsque sa poche est pleine,
Il est toujours bien reçu.

Des hôtels cabinets roses,
Combien de fois, étonnés,
Avez-vous vu, portes closes
Le rat se piquer le nez !

Dans sa poche, après ces fêtes
Qui se prolongent fort tard,
On retrouve des serviettes
Qu'elle y fourra..... par hasard !

Elle adore la bombanee,
Je ne dis pas qu'elle ait tort.
Et l'on sait que la constance
En amour n'est pas son fort !

Elle est d'un accès facile,
Et j'ai vu pas mal de gens
Sortir de son domicile
Les yeux battus..., et contents !

———

Côté des blondes

IX

LA PETITE PENSIONNAIRE.

Comme le surnom qu'on lui donne
L'indique à l'homme intelligent,

C'est une petite personne
Qui paraît sortir du couvent.

Sa figure est douce, assez fine,
Son parler est plein d'onction,
On lui donnerait sur sa mine,
Le bon Dieu sans confession.

Pourtant ses péchés sont de taille
A lui barrer, sans contredits
Par une solide muraille
La porte du saint Paradis.

Si vous la trouvez décharnée
Comme peu le sont à Bordeaux,
C'est tout bonnement qu'elle est née
Dans Luchon, une VILLE D'EAUX.

Moins de quinze ans formaient son âge
Lorsqu'elle vit notre cité.
Elle était pure elle était sage
— C'est elle qui me l'a conté. —

Elle logeait chez une tante,
Travaillant, et pour tous plaisirs,
Au bal, lâchant cette parente,
Elle charmait ses cours loisirs.

Mais un jour (le diable l'emporte
Si jamais elle a su pourquoi,)
Un monsieur, se trompant de porte,
L'emmena sous son propre toit

Et là, par force et par adresse.
En lui parlant de son amour,
Le gaillard, trompant sa jeunesse
L'entretint chez lui jusqu'au jour.

Cependant, si j'en crois la belle,
Il fut forcé d'abandonner
— Extrêmité dure et cruelle —
L'entretien sans le terminer.

Mais de ce jour date sa chute
Car, malgré son émotion,
Elle avait pris, dans la dispute,
Goût à la... conversation :

Moyennant récompense honnête,
Depuis ce jour, avec plaisir,
La petite fait... la caussette
Et ne la laisse pas languir.

Elle n'a pas de mœurs austères,
Pour elle, l'amour est un jeu,
Civils, marins ou militaires,
Elle a taté de tout un peu.

Dans Bordeaux comme dans Marseille,
Au pays comme à l'étranger,
Son histoire est toujours pareille :
Mépris de la fleur d'oranger !

Bref, si des âmes débonnaires
Fondaient un établissement
De pareilles pensionnaires,
Les pions auraient de l'agrément !

———

Côté des Lrunes

X

MADAME TROMBINE.

Ce surnom là peut vous paraître drôle
Et cependant gardez-vous de crier,
Car je suis prêt à donner ma parole,
Que le vrai nom est bien plus singulier.

Ce nom charmant, on ne peut pas le dire.
Mais il n'est pas défendu de chercher,
En abrégé si je pouvais l'écrire !
Mais pas moyen de rien en « retroncher » !

Comme la truffe, au cœur de la Dordogne,
Elle naquit pour la table et l'amour,
Dans un moulin où son père, un ivrogne,
Buvait le soir ce qu'il gagnait le jour.

Mais elle avait une sœur, femme aimable,
Laquelle était maîtresse de garni ;
Pour désigner ce métier honorable,
Les radicaux ont un mot plus joli !

Sa sœur la mit dans une lingerie,
Mais on lui fit la cour soir et matin,
Elle était jeune, et surtout dégourdie...
Que voulez-vous ! Le diable est si malin !

Bref un tanneur parvint à la séduire,
Non sans effort ; — avec quel à propos,
En ce moment, un plaisant eût pu dire
Que ce monsieur travaillait dans les peaux !

Où passe un homme, il en passe un deuxième,
Ainsi de suite, et d'amant en amant,
Elle connut les chasseurs du septième
Et s'engagea dans ce beau régiment.

O Mérignac, ô vertueux village,
Qui fus alors témoin de ses exploits
De cette orgie effrénée et sauvage,
Te souviens-tu, sans rougir, quelquefois?

On dit qu'un jour, au dessert, après boire,
On a fait d'elle un portrait ébauché,
Dans le costume accordé par l'histoire
A la mère Eve, au moment du péché !

Mais le malheur voulut que vers l'Afrique
Elle suivit son séduisant chasseur,
Et qu'elle y prit, circonstance comique,
Partout le cou des tâches de rousseur.

De plus, le temps a fort gâté sa taille
Donc sous sa guimpe elle enfouit ses secrets,

Et maintenant pas de dangers qu'elle aille
S'exposer nue aux regards indiscrets !

Non pour cela, parbleu ! que la friponne
De tout plaisir ait voulu s'éloigner :
Les cabinets de l'hôtel de Bayonne,
Le samedi, peuvent en témoigner.

Mais ses amis ont tous la tête grise :
Avec un jenne on court trop de hasards,
Elle aime mieux se trouver sans chemise
Comme Suzanne, au milieu des vieillards !

————

Côté des blondes

XI

LA PETITE POUPÉE.

Bien que son cœur soit peu farouche,
Que les sentiers en soit battus,
Avec son air sainte nitouche
Elle pose pour la vertu !

Cependant, ma plume est trop franche
Pour passer ce détail fort laid,
Elle a, comme on dit, jusqu'au manche
Autrefois rôti son balai !

Monte-Cristo, lieu solitaire
Tu fus témoin de son début
Dans l'aventureuse carrière,
Où depuis lors elle courut.

Je voudrais vous faire connaître
Comment l'incident s'est passé,
Car ce fut un vrai coup de maître
Qu'elle fit pour son coup d'essai.

On prétend — est-ce une chimère? —
Que lorsque émue et toute en pleurs
On lui prit... la croix de sa mère,
Ils étaient dix-sept ravisseurs !

A côté, les travaux d'Hercule
Sont le fait d'un petit gamin,
Aussi se fit-elle scrupule
De s'arrêter en tel chemin.

On dit — impudeur sans exemple
Qu'à l'amour immonlant son corps
Elle a parfois choisi pour temple
L'ouverture des corridors.

Lorsque plus tard, un peu rassise.
Elle avait un appartement,
Elle recevait sans chemise,
En peignoir plus que trasparent.

Et vraiment cela ne doit guère,
O mes lecteurs, vous étonner,
Car, pour ce qu'on allait y faire,
Ce vêtement pouvait gêner.

Pour la terre des castagnettes,
Enfin, un jour elle partit,
Je vous laisse à penser les fêtes
Que dans ce pays elle fit !

Elle s'était fort amusée,
Car depuis elle y retourna
Et durant la saison passée
Sur la frontière séjourna.

On la vît d'abord amoureuse
D'un gentilhomme de la cour,
Puis quelqu'un de couleur douteuse,
Ni noir, ni blanc, eût son amour.

De taille grande ou bien petite,
De tout âge, de tout état,

— Hurrah! les espagnols vont vite !
Qui sait combien elle en goûta?

Elle ne savait où les mettre,
Risquant de voir ses os rompus,
L'un d'eux entrait par la fenêtre,
La porte ne suffisait plus !

En revenant dans la Gascogne,
N'ayant pas de lit — ô douleur! —
Elle partagea, sans vergogne,
Le matelas d'un voyageur.

Pour terminer cette épopée,
Mesdames, si l'une de vous
Voulait jouer à la poupée,
Amusement parfois très-doux.

Allez chez elle en confiance,
Car pour les femmes elle fut
Souvent pleine de complaisance...
A bonne entendeuse, salut !

————

UN MOT

Bien que mon cœur n'ait point de fiel,
Une aventure par trop folle
Me fait demander la parole
Pour un outrage personnel :

Plus irascible que polie,
Une dame tout... récemment,
M'a souffleté... moralement
Dans une lettre bien jolie!

D'un article trouvé trop doux
Pour me remercier, je pense,
La belle, avec munificence,
Dans sa lettre avait mis... cent sous!

Cent sous... Cette somme comique
Fait sourire et pourtant rêver !
Vraiment, je voudrais bien trouver
Pourquoi ce nombre fatidique !

Cinq francs, avec le bon conseil
De faire réparer mes bottes...
Par ce temps de boue et de crottes,
Cet avis n'a point son pareil.

Donc je veux, pendant que j'y pense,
Remercier cette beauté
D'avoir, pour moi, mis de côté
Juste le prix d'une séance.

. . . .
. . . .
. . . .
. . . .

Mais les malheurs viennent en troupe
Ni plus ni moins que les corbeaux :
Chaque jour des chagrins nouveaux
Avec moi galopent en croupe :

Passant près de moi l'autre soir
Une autre... peut-être la même,
En murmurant un anathème,
D'un crachat souilla... le trottoir.

Elle devrait, je dois le dire,
Modérer un peu son ardeur ;
Car de sa comique fureur
J'ai vu bien des passants sourire.

Quant à moi, l'outrage m'a fait
Rêver pendant la nuit entière,
Et cette bouillante colère
M'a produit un drôle d'effet :

Car, voyant sa lèvre pâlie
Et ses grands yeux étincelants,

Et ses petits membres tremblants,
Vrai, je la trouvais fort jolie...

C'est pourquoi sans songer à rien
Devant cette tête crispée,
Je disais : « Petite poupée,
La colère te va très-bien ! »

———

Côté des blondes

XII

LA LICE ET SA COMPAGNE

Celle-là, je voulais naguère
O mes lecteurs, la ménager
Et vous retracer sa carrière
Sans venin et d'un ton *léger*

Mais le moyen, je vous en prie
Que je sois pour elle indulgent
Après la cruelle avanie
Qu'elle m'infligea récemment !

Faut-il que les femmes soient bêtes,
Pour narguer, sans nul décorum,
La gent hargneuse des poètes :
Gens irritabile vatum !

Oh ! je garde dans ma mémoire
Cet affront mille fois maudit,
A quoi bon vous narrer l'histoire ?
Elle me comprend ; ça suffit !

Donc, remontons à sa naissance,
Un bruit, avec soin recueilli,
Dit qu'elle passa son enfance
Non loin de Paris, à Neuilly.

Dans une maison fort étroite
Son père, un brave serrurier,

Près du petit pont, sur la droite,
Exerçait son joli métier.

La belle serait encore pure
Si le père, soigneusement,
Avait veillé sur la serrure
De la chambre de son enfant !

Mais bast ! après quelques années
Nous la retrouvons à Paris
Promenant ses jupes fanées
Devant les flâneurs ahuris

A Bullier, narguant la police,
Elle pinçait un rigodon
Et de son regard en coulisse
Poursuivait maint vieux Céladon.

En sortant, robe relevée,
Elle allait, marchant doucement,
Et sans avoir été levée
Elle se couchait rarement !

Puis à Bordeaux, capricieuse,
Elle vint ouvrir son salon.
Ici, d'une grosse f. reçue
Elle acquit bientôt le renom

Dans sa tentative artistique
Elle eut un succès sans égal,
Je veux dire un succès plastique
Surtout dans le cancan final !

Au fond, c'est une bonne fille
Et qui repousse rarement
La requête qu'un joyeux drille
Vient lui présenter poliment.

Ils doivent être une centaine
Qui se sont passé leur désir :
Elle s'en aperçoit à peine
Et ça leur fait tant de plaisir !

Vous la voyez toujours suivie
D'une femme brune à l'œil noir
Qui, près d'elle passe sa vie
La peignant du matin au soir.

Pour chaperon, sans être fière,
Elle aurait pu choisir bien mieux,
Mais le moyen de s'en défaire :
L'autre la tient PAR LES CHEVEUX.

Pour finir ce portrait fidèle
Je viens vous demander tout bas
Pourquoi sa jambe étant si belle,
Elle n'ôte jamais ses bas?

On dit qu'elle fut blanchisseuse
Aussi je voudrais bien savoir
Si son genou, blessure affreuse,
Saigne encor d'un coup de battoir !

Côté des brunes

XIII

MADAME SÉLIKA

Ce nom lui vient d'une manie
Déplorable pour le voisin :
Elle chante, sans qu'on l'en prie,
Depuis le soir jusqu'au matin.

Comme son teint olivâtre,
Un plaisant un jour appliqua
A la belle un nom de théâtre :
Le nom charmant de Sélika.

Du reste elle n'est africaine
Que de nom. — Tout près da Bordeaux
Elle naquit — date lointaine ! —
Dans Agen, ville des pruneaux

Elle fut, dit-on, mariée,
Puis veuve au bout de quelques mois.
Fut-elle bientôt consolée? ..
On le prétend et je le crois.

Veuve, elle vint dans notre ville
Jeune encor, tenter les hasards;
Elle est d'un accès très-facile
Aux jeunes gens comme aux vieillards.

C'est une maison financière
En commandite, dont je crois
Que le principal actionnaire
Verse quinze louis par mois.

Les autres viennent pour parfaire
Ce qu'il lui faut pour becqueter,
Grâce à son régime sévère,
Elle parvient à vivotter.

Soit en argent, soit en nature,
Tout versement est accepté :
Et jamais elle ne murmure
Contre la bonne volonté.

Vous pouvez croire mes paroles
Si je dis que dans sa maison
Les marchandises les plus drôles
Toujours arrivent à la foison :

Ce sont des objets de toilettes,
Des provisions de tout enfin!
Des dentelles et des voilettes,
Du café, du sucre, du vin !

Parfois quélqu'un de la Rousselle
Se trouvant chez elle invité,
Avait fourni le vermicelle.
Son voisin, le sucre ou le thé!

Mais un jour, quoique fort rusée,
Son esprit fût embarrassé

Et sa tâche fut malaisée
Pour rentrer dans son déboursé.

Car le moyen, je vous en prie,
De faire payer ce galant
En produits de son industrie?
Il était maréchal-ferrant!

. . . .

Pour finir de gagner sa vie,
Elle tient établissement,
Et dans sa maison mal garnie
Loge les hommes seulement.

C'est plaisir d'être locataire
Dans la maison qu'elle tient là !
Elle est tendre comme une mère...
Même plus tendre que cela !

Bref, en juillet comme en décembre ;
A tous elle ouvre son foyer
Et loge les gens... dans sa chambre
Plutôt que de les renvoyer !

_____

Côté des blondes

XIV

FLEUR D'HORTENSIA

Dans les champs que le Lot arrose
Elle naquit — séjour heureux —
Au pays où le vin dépose
Sur la nappe des placards bleus !

Elle est grande, svelte, élancée,
Comme l'Ophélie aux yeux verts,
Sa carrière fut traversée
Par une foule de revers.

Son père, ouvrier sans malice,
Etait fabricant de billards,
Mais du sort un cruel caprice
L'avait mis dans les déveinards,

Aussi voyons nous la pauvrette
Cherchant un plus heureux métier
Prendre la clientèle honnête
D'un café borgne du quartier.

Elle trônait la pauvre fille,
Et jetait, depuis son comptoir,
Sur le billard de sa famille
Un regard bien pénible à voir !

Elle ne fut pas longtemps sage,
Un don Juan, fort dans le métier,
Détourna du carambolage
L'humble fille du billardier !

Depuis elle suit sans relâche
Le gai chemin des amoureux,
Et jamais elle ne se fâche
Contre un soupirant généreux !

La beauté, le rang, la naissance
Valent-ils des écus bien ronds ?
Elle reçoit sans différence
Des épiciers et les barons.

L'un de ceux-là, type bizarre,
De Langon lui vint un printemps ;
Quelques mois après, dare dare,
Il repartit..... il était temps.

Ce malheureux, nous dit l'histoire,
En dix-huit mois eut tout *bouffé*,
Il changeait.— miracle notoire —
En diamants les sacs de café !

Je pourrais, et sans peine encore
Enumérer tous ses amants,

Mais une chose que j'abhorre,
C'est de vous raser trop longtemps.

Aussi je finis ma critique
Par un *speech* très-respectueux.
« O vous dont la beauté nous pique,
Belle au regard voluptueux.

» Vous êtes charmante, à votre âge
On n'a pas peur du lendemain,
Votre front n'a pas un nuage,
Votre pied tiendrait dans la main !

» Mais vous êtes un peu... *ficelle*
Et pour constraster, à vos pas
Vous traînez une citadelle
Qui roule et qui ne marche pas !

Méditez, bien qu'il soit sévère,
Ce vieux refrain plein de raison :
Laissez les enfants à leur mère
Laissez la mère à la maison !

———

Côté des brunes

XV

FLEUR D'HORTENSIA

Dans les champs que le Lot arrose
Elle naquit — séjour heureux —
Au pays où le vin dépose
Sur la nappe des placards bleus !

Elle est grande, svelte, élancée,
Comme l'Ophélie aux yeux verts,
Sa carrière fut traversée
Par une foule de revers.

Son père, ouvrier sans malice,
Etait fabricant de billards,

Mais du sort un cruel caprice
L'avait mis dans les déveinards.

Aussi voyons nous la pauvrette
Cherchant un plus heureux métier,
Prendre la clientèle honnête
D'un café borgne du quartier.

Elle trônait, la pauvre fille,
Et jetait, depuis son comptoir,
Sur le billard de sa famille
Un regard bien pénible à voir !

Elle ne fut pas longtemps sage,
Un don Juan, fort dans le métier,
Détourna du carambolage
L'humble fille du billardier !

Depuis, elle suit sans relâche
Le gai chemin des amoureux,
Et jamais elle ne se fâche
Contre un soupirant généreux !

La beauté, le rang, la naissance
Valent-ils des écus bien ronds ?
Elle reçoit sans différence
Les épiciers et les barons.

L'un de ceux-là, type bizarre,
De Langon lui vint un printemps;
Quelques mois après, dare dare,
Il repartit.... il était temps.

Ce malheureux, nous dit l'histoire,
En dix-huit mois eut tout *bouffé*,
Il changeait — miracle notoire
En diamants les sacs de café !

Je pourrais, et sans peine encore
Enumérer tous ses amants.
Mais une chose que j'abhorre,
C'est de vous raser trop longtemps.

Aussi je finis ma critique
Par un *speech* très-respectueux :
« O vous dont la beauté nous pique,
Belle au regard voluptueux.

» Vous êtes charmante, à votre âge,
On n'a pas peur du lendemain,
Votre front, n'a pas un nuage,
Votre pied tiendrait dans la main !

» Mais vous êtes un peu.... *ficelle*
Et pour contraster à vos pas
Vous traînez une citadelle
Qui roule et qui ne marche pas !

Méditez, bien qu'il soit sévère,
Ce vieux refrain plein de raison :
Laissez les enfants à leur mère
Laissez la mère à la maison !

BORDEAUX. — IMP. VEUVE J. PECHADE.

www.ingramcontent.com/pod-product-compliance
Lightning Source LLC
Chambersburg PA
CBHW072301210626
46818CB00017B/1938

* 9 7 8 2 0 1 3 7 2 6 9 8 6 *